시밤

시
읽
는
밤

시밤

하
상
욱

위즈덤하우스

작가 소개

작가의 말

목 차

친구와는 불금
그녀와는 불끔

전 여자를 밝힙니다.
여자가 더 빛나도록.

음유시인 하기 싫어요

음흉시인 하고 싶어요

좋은 생각이 났어.

니 생각.

넌 어떻게 보면 되게 예쁜데,
또 어떻게 보면 진짜 예쁘다.

오늘 예쁘게 하고 나와.

평소처럼.

정말 니 생각만 하는구나.

나는.

18

19

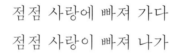

점점 사랑에 빠져 가다
점점 사랑이 빠져 나가

일상 탈출이던 당신이
이젠 일상이 돼버려서

다정했던 우리가 이별을 말하네.

다 정해져 있던 것처럼.

마음 놓고 사랑하다

마음을 놓아 버렸나

잘못 때문에 싫어진 걸까
싫어져서 잘못이 된 걸까

다르게 대해 놓고
변한게 너라 했네

왜

마음을 정리했을까

미움을 정리할것을

변했네.

변치 않을 거란 마음이.

잊었네.
잊지 못할 거란 생각을.

너를 밀어냈네

나는 미련했네

사랑에 미쳐서 시작해도
사람에 맞춰야 지속됨을

더 좋은 사람 말고
너 좋은 사람 만나

"자, 하상욱에게 '시험'이란 뭔가요?"

"저에게 시험이란 '옛사랑' 같아요"

"왜?"

"다시 보면 잘할 수 있을 것만 같으니까…"

오늘 데이트는
정말 환상적이었어.

왜냐면,

정말 환상이었으니까…

도레미파
솔로시죠?

용기 있는 자가
미인에게 차인다.

열 번 찍어 넘어가는 건
나무다.

용기 있는 자를 찼다고 미인은 아니다.

자신과 닮은 사람을 사랑하게 된다는 말

당장 취소해.

변차 가고 벤츠 오는 게 아니라

렌트 가고 내차 오는 게 아닐까

이성에게 잘 보이려 했네.
사랑은 감성인데.

44   생각만

많았네

갖고 싶은 사람 말고

주고 싶은 사람 만나

자고 싶은 사람 말고
잡고 싶은 사람 만나

"상욱 씨에게 '짝사랑'의 의미는?"

"저에게 짝사랑은 'SNS' 같아요."

"왜요?"

"관심 받고 싶어"

한계를
넘어

경계를
넘어

- 하상욱 단편 시집 '스킨십' 中에서 -

안 자면 이리 와.

좀 안자.　　55

"진짜 이게 요즘 완전 빠져가지고"

"응. 너한테."

서로 맞춰가며 살자.

입을.

서로 덮어주며 살자.

이불.

서로에게
익숙해질수록

서로에게
미숙해지더라

자존심만 세울 줄 알았었네
관계가 무너지는 줄 모르고

나를 이해 못 해주는
너를 이해 못 해줬네

괴로움을 피해서
외로움을 찾는게
이별인것 같더라

사랑은 묘약

이별은 명약

사랑 같은 건 사귈 때 다 줘 버릴 걸.

이젠 쓰지도 못 할 걸 괜히 남겼네.

전송을 누르고 싶지만
마음을 눌러야 하겠지

연락하지 말아야 하는 사람에게
연락하고 싶어지게 만드는 새벽

밤이 깊어가는 걸까

맘이 깊어가는 걸까

74   혼자 있는 거 싫다

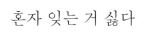

혼자 잊는 거 싫다   75

잘해줬던 시간들이
억울한게 아니더라

잘해줘도 억울하지
않던때가 그립더라

진심 전하기
진심 힘들긔

카톡 맺음말을 고민하지 않게 됐다.

가까워졌나 보다.

카톡 맺음말을 망설이게 됐다.

좋아졌나 보다.

좋아한다는 고백을 하기까지
얼마나많은 독백을 했었는지

"우리 너무 습관처럼 만나는 것 같지 않아?"

"응. 좋은 습관."

내가 진짜 미쳤지 미쳤어.

너한테.

진짜 자기모습은
우리 자기한테만

우린 엔조이야.

평생 즐기자.

방부제 외모는 없어도
방부제 마음만 있다면

처음엔
그래서 니가 좋았다.

이제는
그래도 니가 좋더라.

좋~을 때다.

우리.

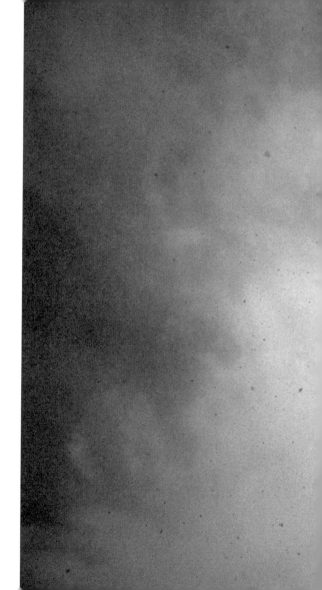

먼저 사과했다.

너보다 잘못해서가 아니라,
우리가 잘못되는게 싫어서.

나를 좋아한다고 내가 위가 아니듯
나를 싫어한다고 네가 위가 아니야

헤어지기 전엔
좋았던 기억으로 참고

헤어지고 나면
싫었던 기억으로 참고

노력이 없는 관계는 유지되지 않지만

노력만 남은 관계도 유지되지 않더라

사랑은 쉽더라
이별에 비해서

나를 성장시킨 건 이별이 아니었다.

함께 했던 시간이지.

믿지 않아도

밉지 않았어

있지 않아도

잊지 않았어

그를 통해

너를 잊고 있는 걸까
너를 잊고 있는 걸까

104 이 밤의 끝을 잡고

이 맘의 끝을 자꾸 105

나중에

후회 해

- 하상욱 단편 시집 '커플 프사' 中에서 -

커플 : 요즘 볼 영화가 없다.

솔로 : 요즘 본 영화가 없다.

커플 : 맛집탐방

솔로 : 내집내방

연애를 하면
처음 가 보는 곳이 많아지고

이별을 하면
가지 못 하는 곳이 많아지고

집이
최고

"뿌웅"

"꺼억"

– 하상욱 단편 시집 '장수커플' 中에서 –

초기 남친 : "가고 있어."

장수 남친 : "자고 있어."

초기 여친 : 남친 때문에 화장

장수 여친 : 남친 때문에 환장

연애 초기 영화 관람 : 자기가 중요해

장수 연애 영화 관람 : 자리가 중요해

연애 초 : 너한테 전부 맞출래!
연애 말 : 너한테 전부 맞출래?

바쁜

거니

나쁜

거니

– 하상욱 단편 시집 '이따 전화할게' 中에서 –

우리는
어떤 문제로 멀어졌을까.
처음엔 없던 문제였을까.

언제나 만날 수 있었던 너였기에
언제든 떠날 수 있단걸 몰랐었네

당연하던 것들이라
당연하게 그립더라

그리웠기에

그리울었네

밤이 깊어지네
보고 싶어지네

정신 없는 아침이 반갑다

당신 없는 밤이 떠났기에

"보고 싶네"

보고 씹네…

고백이란,

내 고민의 결과
네 고민의 시작

후련한 고백을 하고 말았다
잔인한 거절이 듣고 싶어서

거절을 각오한 고백이 힘들까
이별을 각오한 거절이 힘들까

만우절 고백을 말리고 싶다.

거짓말처럼 하는 고백은 있어도
거짓말처럼 하는 거절은 없어서

수많은 진짜 고백들이
거짓말이 되어 버린다.

매년 만우절에는.

고백은 힘들다. 희망을 품게 되니까

거절은 어렵다. 희망을 꺾게 되니까.

"상욱 씨에게 '고백'은 어떤 의미예요?"

"저에게 고백은 '파마' 같아요"

"파마라… 왜요?"

"괜히 했어"

136

137

그래. 나 생각 없이 산다.

딴 여자 생각.

이 중요한 시기에 사랑에 빠지다니.

더 중요해졌네?

남친 있는 여잔데
자꾸만 더 좋아져.

내 여친.

"솔직히 나 정도 예쁜 애는 흔하지 않아?"

"응. 흔하지 않아."

나에게 미인계는 통하지 않는다.
여자친구에게 이미 단련된 나다.

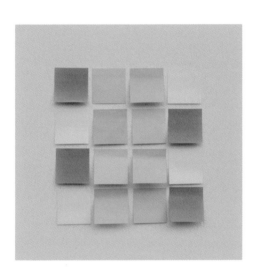

당신에게 반했어요.

오늘도.

그만 헤어지자.

내일 늦지말구.

처음엔 뭘 해도 좋았다
나중엔 뭘 해서 좋았다
이제는 뭘 해야 좋을까

사랑할 땐
어떤 문제도 해결했다.

멀어질 땐
없던 문제도 생겨났다.

"너 변했어"는 사실

"너 (내 맘에 안 들게) 변했어"더라.

변해버린 모습이 싫었을까
변해주지 않음이 싫었을까

"너를 갖고 싶다"며 다가왔고

"나를 찾고 싶다"며 떠나갔네

나를 지키려다
너를 잃어갔네

너를 잊으려다
나를 지워가네

사랑을 끝내는 이유는

사랑을 되찾고 싶어서

156 　　　　　　　　지금 보고픈 사람

사람 보고픈 지금

나쁜 남자 : 밤에 불러낸다.

좋은 남자 : 낮에 찾아간다.

좋은 남자 : 늦기전에 보낸다.
나쁜 남자 : 늦어야만 부른다.

"하상욱에게 '사진'이란 어떤 의미인가요?"
"저에게 사진이란 '오빠' 같아요"

"응?"

"믿으면 안 돼"

노출이 성욕의 표현이라는 말이 맞다면,
남자들은 전부 누드로 다니고 있어야지.

나만 빼고.

남녀차별 안 합니다.
남녀구별 할 뿐이죠.

좋은 여자 : 만나주지 않는다.

166

나쁜 여자 : 만나주기는 한다.

나쁜 남자 : 외로워서 연락했어
좋은 남자 : 연락없어 외로웠어

모르는 번호에 기대했네
모르는 사람이 아니기를

후회하고 있다는 건
실수로 끝났었던 것

미련이 남았다는 건
노력이 부족했던 것

왜 그리 잔인하게 굴었을까
뭘 그리 자신있게 떠났을까

그 땐

돌아가고 싶은
너와의 시절을 위로하는 건

돌아가기 싫은
너와의 시절이더라

사랑에 빠져버린 그때

사랑이 빠져버린 그대

여전히 놓지못한 기대

기약이 없는 나의 기다림은
기억이 남아 있기 때문일까

구남친 : 결국 구여친 같은 여자를 찾는다.

구여친 : 결국 구남친 같은 남자를 피한다.

구남친 : 결국 구여친에 연락.

구여친 : 결국 구남친을 블락.

알 수도 있는 사람인데
친구추가를 안 하는 건,

다 이유가 있는 거야 페북아…

요즘 우리 사이가 예전 같지 않다.

가까워졌다.

오늘 날씨 진짜 좋다.

너 같아.

너 때문에 죽겠다 내가 오즘.

좋아서.

"개한테 작업 걸려구?"

"아니. 인생 걸려구"

-오빠~ 오빠 나 어디보고 만나?

-응... 잘못보고...

2013. 11. 18. 10:39

나도 이 글 속의 오빠처럼
상대의 잘못을 보고도 만나는
이해심 많은 사람이 되어야지

없어

보여

- 하상욱 단편 시집 '나 변한 거 없어?' 中에서 -

핸드백 들어주는 것은 쉽다
이야기 들어주는 것에 비해

정말 필요해

명품백 말고

명품 백허그

"하상욱에게 '돈'이란 뭔가요?"
"돈은 저에게 '사랑' 같아요."
"사랑? 왜?"

"사람이 변해"

196

"상욱 씨에게 '사랑'이란?"

"사랑은 '돈' 같아요."

"사람이 변하니까?"

"아뇨. 그것만으론 살 수 없으니까."

요즘 진짜 연애하고 싶다.

너랑.

알면 알수록 당신 진짜 이상

형

과거 있는 여자도 괜찮아요

과거 잊는 여자로 만들게요

니가 전보다 좋아져

니가 전부다 좋아져

니 행복은
내 의무야

사랑이 밥 먹여주지는 않지만
사랑을 하면 밥이 맛있어져요

어떻게 살고 싶은지 조금씩 알겠다.

누구와 살고 싶은지 확신이 서니까.

우리... 시간을 갖자.

행복한 시간.

이 중요한 시기에 절대 사랑에 빠져선 안 돼.
이

먼 훗날
내 곁에 남은 것이 너이기를

후회가 아니라

니가 있을 땐

어떻게 사랑해야 할지 몰랐었다.

니가 떠난 후
어떻게 살아가야 할지 모르겠다.

돌아간다고 해결되는 건 아니겠지
달아난다고 해결되는 게 아녔듯이

우리가 이별을 후회하지 않기를

우리의 만남을 후회하지 않듯이

다시는 그런 사랑을 할 수 없을 것 같다.

그때의 너는 떠나갔고,
지금의 나는 변했으니.

그때처럼 사랑할 순 없겠지.
지금처럼 사랑하며 살 테니.

모두 행복한 밤이길

나를 떠났던 사람도

내가 떠났던 사람도

"하상욱에게 '이별'이란?"
"이별은 '공부' 같아요."
"왜?"

"해야 한다는 건 알았지만,
 참 하기 싫었어.
 참 많이 미뤘어."

다른 사람을 만나려 했는데
닮은 사람만 찾으러 다니네

그런 것 같다.

너 같은데
너 같지 않은 사람을

찾는 것 같다.

그대를 그리워하는 나는
누구도 만날 수 없었네.

그때를 그리워하는 나는
누군가 만나야만 했네.

나이가 들어갈수록
점점 그리움의 대상이

예전의 누가 아닌
예전의 나로 바뀌어가네

내가 다시

내게 오길

그리운건

그대일까

그때일까

좋은 생각이 났어.

니 생각.

오늘 날씨 진짜 좋다.

너 같아.

정말 니 생각만 하는구나.

나는.

넌 어떻게 보면 되게 예쁜데,
또 어떻게 보면 진짜 예쁘다.

오늘 예쁘게하고 나와.

평소처럼.

"걔한테 작업 걸려구 ?"
" 아니. 인생 걸려구"

도레미파

솔로시죠?

남친있는 여잔데
자꾸만 더 좋아져.

내 여친.

과거 있는 여자도 괜찮아요.
과거 잇는 여자로 만들게요.

안 자면 이리와.

좀 안자.

이 중요한 시기에
사랑에 빠지다니.

더 중요해졌네?

좋~을 때다.

우리.

다정했던 우리가 이별을 말하네.
다 정해져 있던 것처럼.

우리는
어떤 문제로 멀어졌을까.

처음엔
없던 문제였을까.

"너를 갖고 싶다"며 다가왔고
"나를 찾고 싶다"며 떠나갔네

변했네.
변치 않을 거란 마음이.

잊었네.
잊지 못할 거란 생각을.

나를 지키려다
너를 잃어갔네

너를 잊으려다
나를 지워가네

왜
마음을 정리했을까
미움을 정리할것을

혼자있는거 싫다.

혼자 있는 거 싫다.

너를 믿어냈네.
나는 미련했네.

믿지 않아도
밉지 않았어.

잊지 않아도
잊지 않았어.

왜 그리 잔인하게 굴었을까
뭘 그리 자신있게 떠났을까

그땐

괴로움을 피해서
외로움을 찾는게
이별인것 같더라

돌아가고 싶은
너와의 시절을 위로하는 건

돌아가기 싫은
너와의 시절이더라

밤이 깊어가는 걸까
맘이 깊어가는 걸까

나를 성장시킨 건
이별이 아니었다.

함께 했던 시간이지.

우리가 이별을 후회하지 않기를.

우리의 만남을 후회하지 않듯이.

먼 훗날
내 곁에 남은 것이 너이기를.

후회가 아니라.

모두 행복한 밤이길
나를 떠났던 사람도
내가 떠났던 사람도

나이가 들어갈수록
점점 그리움의 대상이

예전의 누가 아닌
예전의 나로 바뀌어가네

내가 다시
내게 오길

그리운건
그대일까
그때일까

시 읽는 밤 : 시밤

초판 1쇄 발행 2015년 9월 18일 **초판 54쇄 발행** 2024년 11월 20일

지은이 하상욱
펴낸이 최순영

출판1 본부장 한수미
라이프 팀장 곽지희
사진 리에 캘리그라피 곽명주

펴낸곳 ㈜위즈덤하우스 **출판등록** 2000년 5월 23일 제13-1071호
주소 서울특별시 마포구 양화로 19 합정오피스빌딩 17층
전화 02) 2179-5600 **홈페이지** www.wisdomhouse.co.kr

ⓒ 하상욱, 2015

ISBN 978-89-5913-966-8 03810

좋은
생각이 났어

니 생각